L'AUTOMOBILE ENCHANTÉE

G. TRÉMISOT

H. GAUTHIER-VILLARS

l'Automobile Enchantée

COMPOSITIONS
DE
R. PINCHON

PARIS
LIBRAIRIE CH. DELAGRAVE
15, RUE SOUFFLOT, 15

A nos chers enfants
LAURE TRÉMISOT ET JACQUES GAUTHIER-VILLARS
nous dédions ce Conte féerique
dont ils feront certainement leur profit.

WILLY ET TRÉMISOT.

PREMIÈRE PARTIE

PARESSE PRINCIÈRE

I

DANGEREUSES ÉTRENNES

I

DANGEREUSES ÉTRENNES

L y a bien longtemps de cela, mes chers petits lecteurs, puisque c'était au temps déjà lointain des Fées, la Bohême était un très vaste empire, et le Roi qui la gouvernait se nommait Krystal IX. C'était un rare Souverain, non seulement très puissant, mais encore très bon, qui savait si bien faire le bonheur de ses peuples que ceux-ci — on était et on est encore fort musicien en Bohême — passaient une partie de leur existence à organiser des concerts de louanges pour y chanter sa gloire et des messes en musique pour prier le Bon Dieu de lui accorder joie et longue vie !

L'excellent Krystal ne se bornait d'ailleurs pas à être le Père de ses sujets : il était aussi celui de deux délicieux bambins nés le même jour. L'un était un petit garçon beau comme une aurore de mai ; l'autre, une petite fille jolie comme un matin d'avril, qui, plus blonds tous deux que les blés, se ressemblaient ainsi que deux gouttes de rosée.

Leur Marraine était, suivant l'antique usage de ces époques féeriques, une puissante Fée, amie et protectrice de la famille royale, la toute gracieuse Rosenflûte, Fée des Prés-Fleuris. Aussi, le jour du Baptême, avait-elle cueilli pour ses filleuls deux prénoms printaniers et frais dans les parterres en fleurs de son royaume parfumé; voilà pourquoi le petit garçon s'appelait Coquelicot et la petite-fille Bouton-d'Or. Seulement, lorsqu'ils étaient encore au maillot, la Reine, leur maman, par mignonne abréviation, ne nommait jamais le garçon que Coco et la fille que Tonton. Même, comme elle n'avait pas plus l'habitude de les séparer dans ses appellations que dans sa tendresse, elle aimait à désigner leur couple enfantin par le double nom indivis de Coco-Tonton.

Ce surnom collectif leur était resté, mais, malheureusement, leur chère maman leur avait été enlevée par une rapide maladie quelques années seulement après leur naissance. Et, privés de la sollicitude éclairée d'une mère, livrés aux soins indifférents des servantes, ils s'étaient développés un peu à l'aventure sans que le

Monarque, leur père, très absorbé par le gouvernement de son royaume, pût se mêler efficacement de leur éducation.

D'ailleurs, lorsqu'il s'occupait d'eux, c'était, malgré les doux reproches de la Fée Rosenflûte, pour les gâter avec excès et leur passer toutes leurs fantaisies.

Quand le docte Mathématicus.

En sorte que si les bessons... avaient grandi, ce n'était ni en science ni en sagesse... et qu'à l'âge de dix ans, ils étaient ignorants comme de jeunes carpes et paresseux... oh! mais là, paresseux comme des nègres.

Leur royal papa, un peu effrayé des mauvaises dispositions qu'avait involontairement encouragées son aveugle tendresse, avait alors essayé de remédier à ce déplorable état de choses. Sur le conseil de la Marraine, il avait donné à son fils un précepteur choisi parmi les plus érudits de son royaume et nommé le savant Mathématicus. Pour sa fille, il avait fait venir à grands frais, de New-York, Miss Olympia Clackson, institutrice très estimée et très rousse. Mais les efforts du malheureux professeur, pour instruire Coco, aboutissaient tout juste au même résultat que ceux de l'institutrice pour faire travailler Tonton, c'est-à-dire que les deux petits fainéants s'entendaient pour ne rien apprendre et apportaient, à l'étude, une égale mauvaise volonté et une semblable dissipation.

Quand le docte Mathématicus se donnait la peine d'expliquer à son élève une leçon d'histoire ou de géographie, celui-ci, sans l'écouter, prenait un grand plaisir à faire des cocottes en papier avec les pages de ses cahiers.

Et si Miss Olympia, fatiguée du mal que lui donnait la petite princesse, fermait un instant les yeux sur sa chaise, vite la maligne Tonton, avec les barbes de sa plume, se mettait à chatouiller les narines de la pauvre Américaine qui s'éveillait en chassant un essaim de mouches imaginaires et en éternuant pendant une heure !

Ces irrespectueuses plaisanteries ne tournaient pas toujours, d'ailleurs, à la gloire de leurs auteurs.

Car le docte Mathématicus, poussé à bout, empoignait son royal élève et, en dépit des règlements qui interdisaient de frapper un Prince du sang, vous lui administrait de sérieuses corrections. De son côté, Miss Clackson, jetée par Tonton dans de légitimes colères, faisait assez peu de cas des édits défendant de porter la main sur une Princesse royale et ne se privait pas, dans le tête-à-tête, d'appliquer les siennes sur les joues de l'insupportable fillette sous la forme de maîtresses giroflées, qui claque-sonnaient magnifiquement.

Mais ni rudesse ni douceur ne parvenaient à inculquer aux deux cancres le désir du savoir et le goût du travail. La seule occupation qui les intéressait, c'était la lecture d'un superbe album illustré que leur Marraine, la Fée, leur avait donné pour leurs étrennes ; album tout rempli de merveilleuses histoires que tous, mes chers petits lecteurs, vous connaissez, j'en suis convaincu, car c'étaient les admirables contes de Perrault.

Ah ! comme le petit Prince et la petite Princesse

abandonnaient avec joie leurs livres classiques pour courir à ces féeriques récits qu'ils lisaient et relisaient sans se lasser ! Comme ils frémissaient à la mort tragique du Petit Chaperon Rouge ! Comme la cruauté de Barbe-Bleue les horripilait ! Comme ils admiraient

La seule occupation qui les intéressait.

la robe couleur du soleil de la Princesse Charmante et pleuraient ensuite sur les humiliations que lui attire sa peau d'âne ! Quel enthousiasme pour le Petit Poucet et le Chat Botté !

Mais ce qui, dans tous ces beaux contes bleus et roses, frappaient surtout nos petits fainéants, c'est qu'il n'y était jamais question d'études, de devoirs ni de leçons... C'est qu'ils en voyaient les principaux personnages devenir presque toujours très heureux sans jamais être obligés de se donner la peine de travailler...

Et lorsque le docte Mathématicus s'avisait de déclarer au Prince Coquelicot que seuls les Rois qui avaient travaillé à s'instruire savaient faire le bonheur de leurs sujets, celui-ci s'empressait de s'écrier :

— Allons donc !... On ne dit pas que le Prince qu'épousa la Belle au Bois Dormant fût un savant... Et pourtant, il ne fut pas un mauvais Roi !

— Et Riquet-à-la-Houppe ? exclamait victorieusement le professeur. Était-ce donc un âne, celui-là ?

— Certes non, retorquait l'entêté sans s'émouvoir. Mais quel mal avait-il eu à s'instruire ? C'étaient les Fées qui lui avaient donné tout son esprit !

La discussion se terminait alors par un bon coup de règle sur les doigts du jeune récalcitrant... Mais le mot n'en était pas moins lâché !

Et si, de son côté, Miss Olympia Clackson disait à Mademoiselle Bouton-d'Or, pour essayer de stimuler son amour-propre :

— Vous ne savez donc pas que les ignorantes sont méprisées et tournées en ridicule par tout le monde ?

— Taratata ! répliquait Tonton. Est-ce que Cendrillon apprenait l'arithmétique et savait la grammaire ? Ça ne l'a pas empêchée, au bal de la Cour, de faire l'admiration de toute l'assistance et, plus tard, d'épouser un fils de Roi, toute cuisinière qu'elle était !

Vling ! Vlan ! L'irascible rousse avait beau lui fermer la bouche d'une vigoureuse paire de soufflets, la parole n'en était pas moins dite !!

Ainsi, bien involontairement, avec un simple livre d'étrennes, la bonne Rosenflûte avait elle-même fourni non seulement des prétextes, mais presque des excuses à l'obstinée paresse de ses filleuls... Elle s'en désola !... Et ce fut en vain que le Roi Krystal, par hasard énergique, confisqua le bel album et le jeta dans le fond d'une armoire !

Il était trop tard, le couple Coco-Tonton savait les contes par cœur et le mal était fait !!

Alors, la Fée des Prés-Fleuris, qui se le reprochait comme une faute, songea aux moyens de le réparer !...

II

MERLIN

II

MERLIN

ERTAIN soir, à l'heure du dîner, dans la salle à manger du palais qu'habitait la famille royale à Kalembourg, capitale du royaume, se trouvaient réunis Krystal IX, Coco-Tonton et leurs deux professeurs, admis, à cause de leur haut mérite, à prendre leur repas à la table du Roi.

Au dehors, une épouvantable tempête était déchaînée ; la pluie, le vent faisaient rage au milieu des éclairs et des coups de tonnerre qui se succédaient sans interruption.

— Je plains les malheureux voyageurs en route par un pareil déluge ! dit Sa Majesté apitoyée, en s'asseyant à table. Voilà un temps à ne pas mettre un chien dehors ; n'est-ce pas, Mirza ? ajouta-t-il en flattant de la main sa chienne favorite.

Mirza ne répondit pas ; ce fut le docte Mathématicus qui reprit, en adressant un sourire un peu gourmand à l'excellent potage qui fumait dans son assiette :

— Il est évident qu'il fait meilleur ici que sur la place de l'Hôtel-de-Ville !... beaucoup meilleur !

— Yes, yes ! approuva Miss Clackson en dépliant sa serviette.

Elle achevait à peine le mot que le Sénéchal Vol-au-Vent se précipita dans la salle à manger avec tant d'empressement qu'il bouscula quelques domestiques et faillit renverser un écuyer-tranchant qui découpait un filet de bœuf aux truffes sur une console. Le Sénéchal, mes chers enfants — et pas un bon Roi de féerie qui n'eût son Sénéchal ! — était une sorte de Surintendant Général et de Majordome en chef chargé de la surveillance du palais.

— Qu'y a-t-il donc, Godiveau ? interrogea Krystal IX en fronçant les sourcils, car il n'aimait pas à être dérangé pendant les heures des repas.

« Qu'est-ce qui motive de ta part cette entrée de rhinocéros dans la devanture d'un magasin de porcelaines ? »

Que ce nom de Godiveau donné à Vol-au-Vent ne vous étonne pas trop, mes chers petits lecteurs. L'excellent Roi Krystal, d'un naturel excessivement gai, aimait la plaisanterie. Et une de celles qu'il affectionnait tout particulièrement, c'était de paraître ne jamais se rappeler exactement le nom de son fidèle Sénéchal pour pouvoir le décorer de tous les à peu près que lui fournissaient sa joyeuse humeur et le langage de la pâtisserie.

Aussi le brave Vol-au-Vent, habitué depuis des années à être accommodé à toutes les sauces, avait-il bravement pris son parti de la douce manie de son maître.

Et ce fut avec le plus grand calme et sans la moindre surprise qu'il répondit respectueusement à son Souverain :

— Sa Majesté voudra bien excuser ma précipitation ! Mais l'événement qui m'amène est si imprévu !... C'est un voyageur qui vient de traverser le pays en automobile !...

— En automobile ! s'écria le Roi.

— En teuf-teuf ! glapit Mistress Olympia.

Puis, très calme, Sa Majesté interpella son Sénéchal :

— Qu'est-ce qu'il y a de si imprévu là dedans, Tarte-aux-Prunes ?... Te voilà tout à l'envers parce qu'un particulier fait prendre l'air à une automobile !... Il est vrai que, par ce cyclone, ça ne doit pas manquer de désagrément ! A-t-il au moins un parapluie, ce brave Monsieur ?

— Sire, reprit vivement le Majordome en chef, il n'a qu'une canne !!

— Mais c'est de la démence, s'exclama Krystal.

— C'est pourquoi, fit Vol-au-Vent, il s'est arrêté net devant le palais de Votre Majesté.

— Voilà qui est stupéfiant, tu l'avoueras, Saint-Honoré ! s'ébahit le souverain de Bohême. Comment ! Ce Monsieur n'a qu'une canne par ce temps de canard et il s'amuse à s'arrêter sous cette pluie torrentielle !... Il aurait dû, au contraire, en profiter pour filer à fond de train ! Il va attraper une fluxion de poitrine, sois-en sur, Timbale-de-Macaroni, mon fidèle Sénéchal !

— Voilà précisément ce que désirerait éviter, à tout prix, ce pâle voyageur, se hâta d'annoncer le Maître-Intendant. Il est matériellement impossible qu'il continue sa route par ce temps infernal. Et il sollicite de la bonté bien connue de Votre Majesté la grâce de se remiser, lui et son automobile, sous un des hangars de vos écuries pour y attendre la fin de l'orage !... Voici son nom, Sire.

Et, ce disant, Vol-au-Vent tendait à son royal maître, sur un plateau d'argent, une carte gravée sur bristol. Celui-ci n'y eut pas plutôt jeté les yeux que,

Le Sénéchal Vol-au-Vent.

d'un formidable bond, il renversa sa coupe d'or sur la nappe et fit sauter en l'air son assiette d'argent.

— L'Enchanteur Merlin ! cria-t-il. Comment, ce chauffeur est l'Enchanteur Merlin, espèce d'imbécile, et tu ne le disais pas !... Vol-au-Vent, je suis fâché de le constater en public, vous n'êtes qu'une Tourte ! L'Enchanteur Merlin sollicitant un hangar ! Non !... C'est à encadrer !... Un hangar !... Eh bien, merci !... Jamais de la vie !

L'Enchanteur Merlin.

— Je cours le faire déguerpir ! déclara énergiquement le Sénéchal, se croyant naïvement l'interprète des intentions de son Roi.

Mais celui-ci le retint violemment par le haut-de-chausses, en clamant :

— Malheureux!... Ne fais jamais cela!... Si tu commettais pareille ânerie, malgré la faveur dont je veux bien t'honorer, mon féal Tarte-à-la-Crème, je me verrais dans la pénible obligation de te faire couper deux fois la tête plutôt qu'une! Tu n'as rien compris... Tu ne comprends, du reste, en général, jamais rien à mes exclamations!... Je veux dire que laisser un Enchanteur comme l'illustre Merlin sous un hangar, c'est comme si tu offrais une place en omnibus au Tsar de toutes les Russies!... Ce serait un crime, tu entends!

...Les hangars de Merlin sont les palais des Rois!...

Et, à l'heure qu'il est, le vrai hangar de Merlin, c'est de l'inviter à dîner!

Et, debout, avec un geste royal vers la porte, Krystal IX ordonna :

— Vite! rapide — souvent trop rapide Sénéchal! Vite! Pas un instant à perdre... Tu n'as déjà que trop longtemps laissé se morfondre à ma porte cette Gloire du Monde civilisé! Voilà le moment ou jamais, Vol-au-Vent, de prouver que ton nom n'est pas un vain mot! Vole, mon enfant, vole à la pluie, vole au vent, vole vers l'illustre Enchanteur, confonds-toi en excuses et prie-le, au nom de ton Souverain bien-aimé, de lui faire la grâce — tu entends! — la grâce de vouloir bien accepter une place à sa table. Et surtout, si tu tiens à la tienne, Croûte-aux-Champignons, introduis ici cette célébrité avec tous les honneurs dus à son rang et à son mérite!

Pendant que Vol-au-Vent, après s'être respectueusement incliné, partait comme une flèche pour exécuter les ordres de son royal patron, non sans marcher sur la queue de Mirza et écraser les pieds du Maître d'hôtel, des valets diligents dressaient un couvert à la place d'honneur, c'est-à-dire à la droite du Roi.

C'est que le Roi Krystal n'exagérait pas, mes petits amis. A cette lointaine époque, l'Enchanteur Merlin était, à cause de sa science et de son esprit, une des personnalités les plus recherchées et les plus en vue du monde de la Sorcellerie. Un célèbre Roi de la Grande-Bretagne l'avait pris pour Conseiller intime, les Monarques le traitaient en égal et les Princes se l'arrachaient; quant aux Ducs, il n'avait même pas le temps de faire leur connaissance. Aussi, le nom de Merlin avait-il mis la table en révolution. Miss Olympia se poudrait frénétiquement le visage en se regardant dans la petite glace de sa boîte à poudre et faisait bouffer, en toute hâte, les hautes galeries de sa coiffure en brioche — une brioche qui, vu sa rousseur, avait l'air d'être restée une demi-heure de trop au four. Maître Mathématicus, lui, s'était éclipsé pour aller passer un habit.

Quant à Coco-Tonton, eux aussi ont dressé l'oreille, car eux non plus n'ignorent pas la réputation européenne de Merlin... Mais ils ne l'ont jamais vu, et, comme ils le savent centenaire, ils s'attendent à voir entrer un astrologue décrépit, enveloppé dans une grande robe brodée de signes et de figures cabalistiques — avec un grand bonnet pointu, orné de lunes et de soleils, sur une longue chevelure blanche, naturel pendant d'une immense barbe de neige!

Et pas du tout!

Voilà que, par la porte brusquement ouverte à deux battants, ce sont d'abord, officiers en tête, les Arbalétriers du Roi, de garde au Palais, qui entrent et s'alignent en double haie de chaque côté du chambranle; c'est ensuite le défilé de tout ce qu'il y a de pages disponibles dans le château, qui vont se ranger à côté des soldats... Ce coup de théâtre inattendu est l'œuvre du zélé Vol-au-Vent qui ne tient nullement à recevoir de nouveaux reproches de son maître et a combiné toute cette mise en scène pour faire honneur à l'Enchanteur si bien en cour...

Et tout à coup, entre les deux haies de la Garde qui présente les armes, au milieu des ra et des fla des tambours qui battent aux champs, Merlin fait une entrée à sensation.

Surprise ! — Ce centenaire n'est pas un vieillard... C'est un aimable et sémillant jeune Seigneur, blond comme bière, la moustache en croc et la lèvre souriante, ganté de frais, le monocle à l'œil et le stick à la main, portant avec une élégance pleine de distinction le complet à longs poils et la casquette russe du parfait chauffeur dernier style, sur lesquels l'averse ne semble pas avoir laissé plus de traces que sur une feuille de chou !

Coco-Tonton n'en reviennent pas ! .. C'est qu'ils ne savent pas, les naïfs petits Princes — ils apprennent si peu de choses, ces paresseux ! — ils ne savent pas que Merlin va faire, chaque année, une saison à Jouvence-la-Fontaine, station thermale aujourd'hui disparue, hélas ! — dont les eaux miraculeuses conservaient aux baigneurs d'alors l'éternelle jeunesse.

Cependant l'hôte fêté va d'abord s'incliner avec grâce sur la main que lui tend le Roi... Et alors, sur un mystérieux signe de Vol-au-Vent, les Arbalétriers, les Pages et les Varlets, soutenus en sourdine par les tambours, entonnent, sur un air connu que votre papa vous chantera quand vous le voudrez, mes petits lecteurs, le chœur bien senti qui, dans les féeries dignes de ce nom, salue toujours l'entrée des personnages de marque.

Et voici ce qu'ils chantent à pleins poumons :

Ce beau chauffeur qui s'avance
Plein d'assurance
C'est le grrrrrand Merlin
L'Enchanteur né malin;
Qu'il vienne d'Espagne ou de France
Ou de Florence
Ou de Mayence,
Semons son chemin
D'œillets et de jasmin !. .

Mais d'un geste qui remercie en congédiant, Merlin coupe court à ce zèle orphéonique, mais démodé :

— Trop de fleurs, mes amis ! sourit-il. Beaucoup trop de fleurs !

— Voulez-vous bien vous taire, vous autres ! crie le Roi Krystal furieux. En voilà une idée biscornue, par exemple !... Est-ce que vous vous croyez à l'Opéra-Comique ?

Vol-au-Vent, l'organisateur, n'a vraiment pas de chance aujourd'hui ! Il le sent, et, sans s'obstiner contre sa déveine, disparaît comme un sylphe, en entraînant à sa suite Gardes et Pages fort penauds qui vont fredonner le reste dans la cour.

Du reste, d'une phrase pleine d'à-propos, l'Enchanteur a déjà ramené la bonne humeur sur le visage

Les chasses palpitantes à la girafe dans la forêt de Saint-Germain.

royal. Il répond avec aisance et civilité aux compliments de Maître Mathématicus, heureusement de retour dans un frac tout neuf, et adresse quelques spirituelles galanteries sur la couleur de ses cheveux à l'institutrice, dont la flamboyante chevelure semble rougir encore de joie!

Et l'illustre Invité prend place à table — non sans avoir embrassé le couple Coco-Tonton dont la stupéfaction dure encore.

Elle se changea vite en joyeuse admiration. Car le nouveau Convive qui avait parcouru la Terre entière et visité tous les peuples, avait le secret des belles histoires de voyages qui captivent l'imagination même des enfants... Et nos deux petits amateurs de merveilleux ouvraient des yeux énormes en l'entendant raconter la réception si cordiale à lui faite par le Shah de Perse qui avait donné l'ordre de le faire empaler dès qu'il paraîtrait — ses palpitantes chasses à la Girafe dans la forêt de Saint-Germain-en-Laye — son dîner de gala en Afrique, sous la hutte du cacique ou roi nègre des Myam-Myam, où, après avoir mangé d'excellentes sauterelles frites, du caïman à la sauce aux Cafres et une savoureuse mayonnaise de moustiques, il avait lui-même, au dessert, failli être mangé par la famille du roi — et enfin ses si intéressantes pêches au cachalot sur le lac de Genève avec des Baleiniers du Mont Blanc!

Comme vous le voyez, mes chers lecteurs, Merlin, dans le récit de ses aventures, se laissait peut-être un peu entraîner par son imagination... Mais c'est là un défaut que vous retrouverez chez tous les voyageurs qui racontent leurs voyages.

D'ailleurs, jamais Magicien n'avait été plus enchanteur !

Toute la table était sous le charme.

Et l'émerveillement des dîneurs devint du pur enthousiasme... lorsqu'au dessert, pour amuser l'honorable société, le jeune Centenaire se mit à donner à ses hôtes une petite séance de prestidigitation familiale, fit d'admirables tours de cartes, escamota des petits fours qu'il retrouvait ensuite dans les cheveux d'or de Tonton, cueillit au bout du nez de Coco des pêches et des raisins, et termina en extrayant du chignon rutilant de Miss Clackson effarée, une bouteille de champagne qu'on sabla au milieu des rires et des applaudissements.

Ce fut donc bien à regret que, sur un signe impérieux de l'Institutrice américaine, Coquelicot et sa sœur durent souhaiter le bonsoir et s'aller coucher... Ils n'avaient guère envie de dormir et seraient bien restés jusqu'à minuit à regarder et à entendre cet amusant et imprévu visiteur.

Ce qui les consola un peu, c'est qu'ils étaient sûrs de le retrouver au palais le lendemain : car Merlin, qui voyait la pluie redoubler, avait fini par céder aux instances réitérées du bon Roi et par accepter l'hospitalité au palais.

Bientôt endormis, Coco-Tonton rêvèrent que l'Enchanteur leur faisait une distribution de joujoux magnifiques et rares, après avoir brûlé tous leurs livres d'étude !

III

LA BAGUETTE MAGIQUE ET L'AUTOMOBILE

III

LA BAGUETTE MAGIQUE ET L'AUTOMOBILE

E lendemain matin, de très bonne heure, voilà les deux petits Princes réveillés qui sautent à bas du lit!... Jamais ils ne se sont sentis si dispos ni si gais!

Tout en s'habillant, ils ne tarissent pas sur l'hôte de la veille et échangent leurs impressions et leurs remarques.

— As-tu vu, Coco? exclame la mignonne Princesse que la coquetterie et les bijoux préoccupent déjà... As-tu vu la belle bague qu'il a au doigt?... Elle doit bien valoir au moins le prix de trente poupées!!

— Je me moque bien de sa bague! répond Coco avec dédain. C'est sa canne que j'aime! Oh! l'admirable canne!... Mais, j'y songe... Hier, en entrant, ne l'a-t-il pas placée dans le coin de la cheminée?...

6

Elle doit y être encore, car il est bien tôt... Et j'ai lu quelque part que les magiciens ne se levaient pas avant dix heures... Si nous allions voir ? On pourrait l'examiner de près, ce chef-d'œuvre de canne...

— Vite, en bas! s'écrie Tonton aussi pressée et curieuse que son frère.

Et nos deux étourdis, se précipitant dans l'escalier qui conduit de leur chambre au rez-de-chaussée, manquent d'écraser leur chat Papillon et de renverser deux servantes qui balayent les marches.

Ils entrent dans la salle à manger comme une double trombe : Dieu soit loué! La canne y est encore, à l'endroit même où elle fut déposée la veille au soir. Coquelicot s'en empare et, longuement, les deux touche-à-tout l'admirent et s'étonnent.

Ils n'avaient pas tort, mes chers petits lecteurs, car c'était, voyez-vous, un de ces sticks que vous auriez quelque peine à trouver aux étalages des ordinaires marchands de parapluies. Faite d'une seule défense d'éléphant et constellée de saphirs et de rubis, cette coûteuse canne se terminait, en guise de pomme, par une tête de canard au bec entr'ouvert, si naturellement peinte et imitée, qu'on s'attendait, à chaque instant, à entendre sortir de ce bec de nasillards coincoins!

Le royal gamin, surtout, l'examinait d'un œil d'envie :

— Quel dommage ! s'écrie-t-il en la brandissant, de ne pas en avoir une pareille !

O merveille inattendue ! A peine a-t-il formulé ce souhait déguisé en regret, que voici, jaillissant de son autre main, une deuxième canne en tout semblable à la première !...

Effrayés d'abord par ce prodige, les enfants poussent un cri de stupeur !... Et Coco, très brave, s'empresse de jeter courageusement, loin de lui, les deux sticks aussi jumeaux que les deux petits Princes!... Mais, presque immédiatement, il se frappe le front, exécute une cabriole de folle joie et s'exclame :

— Es-tu bête, Tonton, d'avoir peur!... C'est tout naturel! Puisque Monsieur Merlin est enchanteur, il ne sort jamais sans sa baguette magique! Et la baguette magique de Merlin, c'est...

— Sa canne! achève la fillette qui, elle aussi, a compris. Mais oui! C'est bien cela!

— Mais alors, me voilà enchanteur, moi aussi, reprend Coco qui a ramassé les deux sticks et en offre un à sa sœur. Et te voilà aussi fée que Marraine, Tonton!... puisque la canne que je viens de créer, je l'ai désirée de tous points pareille à celle du magicien... Par conséquent, ce doit être certainement une baguette tout aussi magique!!

— Dieu que tu es intelligent! s'émerveille Tonton en admirant son frère. D'ailleurs il est bien facile de s'en assurer!...

Et, levant le bâton d'ivoire à tête de canard qu'elle tient, elle exige une splendide poupée, pendant que Coco, la canne haute, appelle de tous ses vœux un admirable polichinelle.

Et crac! mirobolants, tout de satin et d'or, voilà la poupée et le polichinelle qui sortent du parquet!...

C'est merveilleux! L'expérience est concluante : les deux cannes sont douées d'une égale puissance surnaturelle.

Alors la joie de Coco-Tonton ne connaît plus de bornes!

...Et nos deux bambins sans lâcher leurs sticks, et tenant, l'un son polichinelle, l'autre sa poupée par la main, organisent, avec des cris et des chants de triomphe, un quadrille qu'on pourrait appeler le « *Pas du Talisman* » et dont la danse échevelée des Peaux-Rouges, appelée danse du scalp, ne donnerait qu'une faible idée.

Mais, au moment où Coco exécute un cavalier seul plein de fantaisie, la porte s'ouvre et, attirés par tout ce tintamarre, Miss Olympia Clackson et le docte Mathématicus apparaissent sur le seuil. A leur vue, nos danseurs s'arrêtent, essoufflés, rouges et un peu interdits.

— Votre Altesse me dira-t-elle ce que signifient ces hurlements de chacal en délire? demande sévèrement le Précepteur, les bras croisés, en s'avançant vers le petit Prince.

— Oh! shocking! clame la Yankee, les sourcils froncés, en s'approchant de Tonton.

Vous feriez bien mieux d'apprendre vos leçons,

Miss Bouton-d'Or... Cela serait plus utile que d'apprendre à danser la gigue.

Pour toute réponse, Miss Bouton-d'Or tire insolemment la langue que l'Américaine, outrée, lui rentre dans la bouche d'une paire de gifles.

En même temps, Son Altesse Coco, qui non moins impoli, s'est permis un pied de nez, sent ses oreilles s'effiler sous la rude main du professeur.

Alors, pleins d'un commun désir de vengeance, les deux mauvais élèves, d'un même mouvement spontané, étendent les deux sticks dans la direction de leurs maîtres! Ils ne prononcent pas une parole, mais il est probable qu'en magie, l'intention suffit. Car, tout à coup, voilà Miss Clackson métamorphosée en une superbe oie grasse et blanche qui se dandine en cancanant — pendant que Maître Mathématicus, devenu Maître Aliboron, se met à braire comme un âne!

Subitement effrayés des conséquences de leur excellente farce, les deux jeunes polissons se hâtent de déguerpir, lâchant polichinelle et poupée. Même Tonton, dans son empressement à fuir, laisse tomber sa canne d'ivoire, qu'elle ne s'attarde pas à ramasser... Et pendant ce sauve-qui-peut, des valets attirés par les formidables braiments de Maître Mathématicus, chassent, vers les basses-cours et les étables, cette oie audacieuse

Ils ne prononcent pas une parole.

et ce baudet sans gêne dont ils ne soupçonnent même pas les origines, mais qu'ils sont un peu surpris de rencontrer dans une salle à manger!

Déjà, le couple Coco-Tonton débouchait dans la cour, très silencieuse et très déserte à cette heure matinale... Et le premier objet qui frappa leur vue ce fut l'automobile de l'Enchanteur, remisée depuis la veille sous un hangar. D'instinct, les coupables gagnèrent rapidement cet abri, et derrière le véhicule à pétrole, le petit Prince prit un ton grave pour chuchoter :

— Ecoute, Tonton, il ne s'agit pas de s'endormir. Ce que nous venons de faire là est peut-être un peu trop risqué. Sa Majesté Papa est très bonne, mais, cette fois-ci, elle pourrait bien se fâcher pour de bon. Et puis il y a marraine qui ne plaisante pas tous les jours et l'Enchanteur qui sera certainement peu satisfait... Enfin, il ne serait guère prudent d'attendre ici les événements... Malgré la bêtise que tu as faite en laissant tomber ta baguette magique...

— Tu n'est pas très poli, interrompit Tonton, l'air vexé.

— Il nous reste heureusement la mienne! continua Coco sans insister... Et voilà une automobile qui nous tend les bras!... comprends-tu?

— Pas du tout! déclara la fillette toujours piquée.

— Ça veut dire, expliqua le garçon, que nous allons filer — et vivement! — pour une huitaine de jours, le temps de laisser à notre père celui d'oublier, de nous regretter et de nous pardonner à notre retour.

— Pas mal imaginé! accorda Tonton. Mais où irons-nous?

Le prince Coquelicot n'était pas embarrassé pour si peu; il lança avec gaîté :

— Eh! parbleu, chez nos bons amis, les héros des Contes de fées que nous aimons tant! et qui ne refuseront certes pas de nous héberger chacun un jour, à tour de rôle!

Pour le coup, la mauvaise humeur de la petite Princesse ne tint pas devant cette proposition. Enthousiasmée, elle se mit à sauter en battant des mains et criant :

— Oh! bravo! Quelle chance!... Ces gens-là n'ont rien à faire qu'à penser à leurs plaisirs; leur existence doit être une fête continuelle et leurs maisons, des lieux de délices pleins d'amusements!

— Justement! affirma le petit Prince en sautant lestement sur le siège de l'automobile. On ne s'ennuiera pas. Ça te va.

— Si ça me va? exclama la jumelle avec élan

— un élan qui l'assit à côté de son jumeau dans la voiture. C'est-à-dire que tu as eu là une idée mirobolante, tout simplement, mon petit!

Et, dans son admirative reconnaissance, elle embrassa son frère sur les deux joues. Puis, la mine gentille :

— Si ça ne te faisait rien, mon Coco, nous commencerions par le Petit Poucet!

— Accordé! consentit généreusement le petit garçon. Mais avant de partir, laisse-moi remplir un devoir indispensable.

Et, levant la canne en l'air, il l'agita en remuant silencieusement les lèvres. Puis la rebaissant :

— Ça y est! dit-il.

— Quoi donc? questionna Tonton qui l'avait regardé faire tout ébahie.

— J'ai réparé un peu notre mauvaise farce en rendant leur forme humaine à nos deux professeurs. Comme cela, nous aurons la conscience plus tranquille pour voyager et, au retour, le pardon n'en sera que plus facile. Maintenant, en route, mauvaise troupe!

Et pointant encore vers le ciel son stick enchanté, Coco ordonna :

— Automobile, ma mie, conduis-nous directement

et sans encombre chez le Petit Poucet... Mais surtout bon train, ma belle...

A ce commandement, pendant que les grilles de la cour, ô miracle! s'ouvraient toutes seules, poussées par d'invisibles mains, le teuf-teuf s'ébranla et, une fois dans la rue, prit une allure si fantastique qu'on l'aurait cru « chauffé » par le diable en personne!

DEUXIÈME PARTIE

AU PAYS DES CONTES

I

LA FERME ET LE CHATEAU

I

LA FERME ET LE CHATEAU

ALEMBOURG, traversé comme par une flèche, ne fut bientôt plus à l'horizon qu'une petite fumée grise qui finit par s'effacer. Les champs, les bois, les collines n'étaient pas plutôt aperçus par nos petits fugitifs que, déjà, ils étaient loin. Et, dans les villages où passait l'auto fantastique, les habitants et le bétail effarés se demandaient, non sans terreur, quelle était cette vertigineuse machine qui emportait deux enfants !

Et, tout à coup, la voiture à pétrole s'arrêta net devant la barrière d'une vaste métairie, où semblait régner une grande activité. La cour fourmillait d'un va-et-vient affairé de servantes et de garçons de ferme. Des bouviers menaient boire des vaches. Là, des pâtres portaient aux étables et aux écuries des bottes de paille et de foin ; ici, une fille de ferme jetait du grain à toute une armée de volailles goulues et caquetantes.

Coco-Tonton, un peu impressionnés, pénétrèrent dans cette cour, et s'adressant à une servante qui essuyait un chaudron sur la porte d'une cuisine :

— Pardon, madame, demanda le petit Prince très poliment en retirant son toquet, est-ce bien ici que demeure le Petit Poucet ?

La servante le toisa et rectifia :

— Vous voulez dire Mossieu Poucet ? Oui, vraiment, c'est bien ici.

Et désignant du doigt une porte verte dans les bâtiments de la ferme :

— Tenez, ajouta-t-elle, il est justement là qui compte avec son fermier. Seulement, je ne sais pas s'il voudra vous recevoir, il est si occupé ! !

— Occupé ! s'écria Tonton stupéfaite... A quoi donc ? Je le croyais très riche...

— Bien sûr que Mossieu Poucet n'est pas pauvre !... exclama avec un grand éclat de rire la récureuse de chaudron. C'est même le plus gros propriétaire de la contrée... Les bois et les champs et les fermes sont à lui à plus d'une lieue à la ronde. Seulement, croyez-vous donc, mamzelle, qu'il se croise les bras pour cela ? Allez, ce n'est pas une petite besogne que de faire faire les moissons, les foins, les vendanges, de surveiller les métairies, de faire rentrer les fermages, de visiter les labours et les coupes de bois, de vendre les récoltes, de tout voir, de tout inspecter, d'être partout... Mossieu Poucet trouve les journées trop courtes, je vous en réponds ! Le premier levé, il est le dernier couché... C'est un rude travailleur !...

Pendant ce petit discours, Coco-Tonton s'entre-regardaient avec un ahurissement désappointé :

— Il travaille ! murmura Coco sans enthousiasme.

— Il travaille ! répétait Tonton avec une moue.

Et dans l'oreille de son frère, elle chuchota :

— Allons-nous-en, vois-tu !... Un Petit Poucet si affairé n'aura guère le temps de s'occuper de nous... Et puis, il doit être ennuyeux !... Allons voir le Marquis de Carabas et son Chat Botté... Ceux-là sont de grands seigneurs, puisque le Marquis a épousé la fille du Roi !... Ils seront plus amusants et moins travailleurs ! Partons !

— Partons ! répéta Coco tout réconforté par cet espoir.

Et, pirouettant devant la servante ahurie, ils regagnèrent en courant leur auto-pétrole qui, sur un signe de la canne magique, reprit sa course à travers les routes, abattant du 2,000 kil. à l'heure — rien que cela !

Aussi ne tarda-t-elle pas à atteindre le pied d'une montagne escarpée au sommet de laquelle un luxueux manoir élevait jusqu'aux nues ses tourelles élancées et ses clochetons pointus.

— Je parie que c'est le château de Carabas ! s'écria joyeusement le Prince.

Cela devait être, en effet, car le teuf-teuf n'hésite pas un seul instant et, en véritable voiture féerique qui ne connaît pas d'obstacle, s'élance, sans ralentir sa vitesse, sur une des rampes pierreuses et raboteuses de la montagne. Je laisse à mes petits lecteurs le soin de s'imaginer les secousses et les culbutes l'un sur l'autre de nos jeunes voyageurs.

Enfin, l'automobile stoppe devant la grille ; ils viennent d'apercevoir le jardin... Des ronces, des chardons, des orties s'épanouissent en toute liberté dans les corbeilles où achèvent de mourir, étouffés par les mauvaises herbes, quelques maigres pieds de géraniums à l'agonie et des rosiers pâlissants !

— Ce n'est pas possible ! exclame Tonton ébahie... L'automobile s'est trompée ! Ce n'est pas le jardin du Marquis de Carabas, ça !... C'est le parc de la Belle au Bois Dormant !

La voiture à pétrole s'arrêta net
devant la barrière
d'une vaste métairie.

— Sonnons toujours, fait Coco, nous verrons bien !

Et il tire le pied de biche qui pend le long de la grille. Une cloche fêlée tinte aigrement. Et un vieux domestique, en livrée poudreuse, vient leur ouvrir et leur apprend, d'une voix larmoyante, que c'est bien la demeure du marquis.

Un luxueux manoir élevait jusqu'aux nues ses tourelles.

— Seulement, soupire le triste serviteur en hochant la tête, vous arrivez dans un bien mauvais moment. Mon pauvre maître est gravement malade et Monseigneur de Chat Botté, son inséparable compagnon et fidèle écuyer, ne va guère mieux !

Les enfants se regardent, désolés, et ont bien envie de remonter dans leur voiture, mais le domestique qui devine leur désappointement ajoute vivement en refermant la grille :

— Que cela ne vous empêche pas d'entrer, mes Princes ! Ces messieurs vous attendent. Ils ont été prévenus de l'arrivée de Vos Altesses par un enchanteur de leur connaissance; ils savent que vous êtes de leurs amis... Et votre visite leur fera du bien !

Agréablement surpris par ces paroles, les enfants royaux se laissent guider par le lugubre valet à travers le jardin qu'ils évitent de regarder tant les navre son aspect désolé. Ils pénètrent dans un vestibule de jaspe et de porphyre, dont la richesse les rassérène un peu. Et, après les avoir fait monter par un vaste escalier de marbre, leur conducteur s'arrête devant une porte sculptée où il frappe légèrement.

— Entrez ! répond de l'intérieur une voix languissante mêlée à un miaulement faible.

Et le domestique introduit les jeunes visiteurs dans une chambre à coucher somptueuse, mais dont le luxe n'attire guère leurs regards.

Ce qui les attire, ce sont deux grands lits dorés placés l'un à la tête de l'autre. Dans l'un de ces lits, le Marquis de Carabas, pâle et amaigri, fixe sur eux des yeux tristes... Dans l'autre, le Chat, le poil malade, l'œil atone et la moustache tombante, essaye

Et quel lamentable jardin à l'abandon.

de la patte un geste d'amical accueil... Sur la descente de lit, gisent les fameuses bottes auxquelles il doit son nom et une partie de son immortelle célébrité !... Et les deux tables de nuit sont encombrées de fioles, de potions, de boîtes de pilules !...

— Soyez les bienvenus, mes petits amis, dit le Marquis d'une voix dolente. Hélas ! C'est une bien triste hospitalité que je vais vous offrir dans ce château si joyeux autrefois, si ennuyeux aujourd'hui !... Vous pardonnerez à mon état ! Car, vous le voyez, je suis terriblement bas !... Et mon pauvre Matou n'en vaut guère mieux !

— Je suis encore à l'étage au-dessous, miaula lamentablement le Chat Débotté.

— Qu'avez-vous donc, monsieur le Marquis ? hasarda Coco tout chagriné.

— Ce que nous avons ? sourit mélancoliquement le fils de meunier. Nous sommes tombés malades d'ennui !... Et nous en mourrons, soyez-en sûrs ! C'est un mal qui ne pardonne pas !

— D'ennui ! ne purent retenir les deux enfants béants de surprise.

— Oui, d'ennui ! reprit le marquis de Carabas. Aussitôt après mes noces avec la fille du Roi, nous nous retirâmes dans ce château où ce ne furent d'abord que plaisirs et divertissements ! Dans les premiers temps, tout alla bien. Cette brillante et joyeuse existence nous semblait devoir durer toujours. Hélas ! nous en vîmes pourtant bientôt la fin : car, il n'est pas de distraction qui, répétée chaque jour, ne finisse par lasser. Bientôt, rien ne nous amusa plus ! La chasse, les bals, les dîners somptueux, les fêtes de toutes sortes devinrent pour nous autant d'insupportables corvées. Nos invités, plus las que nous, nous quittèrent un à un... Que faire ? L'oisiveté et l'habitude des plaisirs avaient tué en nous le goût du travail... Aucune occupation ne nous semblait attrayante !... L'ennui, un ennui lourd, incurable, mortel, s'abattit sur nous !... Madame la Marquise, ma femme, en a été la première victime ! Elle est morte d'ennui, voilà un mois, après avoir traîné une existence de lassitude, de bâillements et de chasse aux mouches sur les vitres que je ne souhaiterais pas à mon pire ennemi.

— Et nous voilà à notre tour sur le flanc ! acheva le pauvre Chat plaintif, cloués par la même maladie dans nos lits dorés... Ah ! les souris peuvent organiser des steeple-chases dans le château !... Ce n'est pas moi qui irai troubler leurs ébats !

— Pourtant, mes chères petites Altesses, reprit le moribond Marquis, Carabas est à vous ! Demeurez-y

Le domestique introduisit les jeunes visiteurs.

tant que vous voudrez ! Pamphile, mon intendant — ajouta-t-il en montrant le vieux domestique qui essuyait une larme — vous en fera les honneurs. Mais, comme vous pouvez le voir, il n'est pas non plus d'une gaîté folle, Pamphile ! Il a plutôt l'air d'une fontaine que d'un intendant ! Et votre séjour ici ne sera pas précisément joyeux... Cependant, on va vous montrer votre chambre...

Coco-Tonton, enchantés de ce prétexte qui leur permettait de quitter une si triste compagnie, s'empressèrent de suivre le sanglotant vieillard et se retrouvèrent sur le palier avec lui.

— Monsieur Pamphile, lui déclara Coco, après avoir échangé un coup d'œil d'intelligence avec sa sœur, nous ne voulons pas déranger le marquis en d'aussi tristes circonstances. Accepter son hospitalité serait de la dernière inconvenance... Excusez-nous et adieu !

Et sans même attendre la réponse du bonhomme éploré qui se mouchait bruyamment, voilà nos deux bambins au triple galop dans l'escalier et bientôt devant leur automobile, où ils sautent avec un soupir de soulagement, heureux d'être hors de cette funèbre demeure où ceux qui n'agonisaient pas d'ennui pleuraient toutes les larmes de leurs yeux.

— Nous n'avons pas de chance, remarque la Princesse. La tournée commence mal !

— Elle continuera mieux ! s'écrie le garçon en levant sa canne d'ivoire. — En route maintenant, brave teuf-teuf ; conduis-nous, mais un peu moins vite, au palais du Prince Riquet à la Houppe !... Celui-là, au moins, a trop d'esprit pour s'ennuyer !

II

NI PRINCE NI PRINCESSE

II

NI PRINCE NI PRINCESSE

Au milieu d'une grande ville, une petite rue aboutissant à une belle place.

Dans cette petite rue, une maison à cinq étages où s'ouvre une porte cochère.

Et c'est devant cette porte cochère que l'auto vint se ranger le long du trottoir, après une course beaucoup plus modérée qui avait paru interminable aux deux petits chauffeurs, déjà friands de vitesse.

Comme ils s'attendaient à être conduits à un magnifique palais, puisque Riquet à la Houppe était fils de Roi, ils poussèrent ensemble une exclamation de désagréable surprise en examinant la façade de la maison qui ressemblait à toutes les maisons à locataires, un peu anciennes, déjà, des grandes villes. Il y avait des pots de fleurs à beaucoup de fenêtres;

au troisième, une bonne battait un tapis sur la barre d'appui... Et des serins s'égosillaient au cinquième!

— Il est impossible, s'écria Tonton froissée dans son petit amour-propre d'Altesse, il est impossible qu'un prince de sang royal habite cette bicoque!

— Ce serait insensé! rit Coco. Ah! cette fois, automobile, mon enfant, vous devez avoir mal entendu, car vous avez certainement mal compris!

Mais l'automobile, soulevant trois fois ses roues de devant et les laissant trois fois retomber sur le pavé avec force, d'un petit air vexé, exprima clairement dans ce Volapuck d'automobile, qu'elle était incapable de commettre une pareille erreur et qu'on était bien en face de la demeure du Prince Riquet à la Houppe.

Cette catégorique réponse décida nos jeunes incrédules à descendre et à pénétrer sous la porte cochère.

Précisément, la concierge — une femme colossale qui avait l'air d'un gendarme en robe — balayait la cour. Tonton, suivie de Coco, s'approcha d'elle avec son plus gracieux sourire et lui adressant la parole avec un peu d'hésitation :

— Madame, dit-elle, peut-être nous trompons-nous... Est-ce que son Altesse royale le Prince Riquet à la Houppe habite cet immeuble?

Cette question parut produire sur la brave pipelette une impression plutôt gaie; car après avoir examiné du coin de l'œil les deux petits inconnus, elle partit d'un éclat de rire violent.

— Son Altesse?... Le Prince?... riait la concierge de tout son cœur. Mais, mes petiots, ce n'est pas aujourd'hui le 1er avril pour venir dans les maisons y apporter des poissons de cette taille... Le Prince?... Son Altesse?... Ah! elle est bien bonne.

Et le fou rire, de plus belle, fit polker le fichu de Madame Cerbère.

— Mais, Madame, balbutia à son tour Coco interdit et rouge... Ce n'est pas une plaisanterie que nous voulons vous faire.

— Je le suppose bien, répondit la femme-gendarme qui, devant l'air naïf et embarrassé des petits, vit bien qu'elle n'avait pas affaire à des mystificateurs... C'est à vous qu'on aura fait la farce... Les Princes et les Altesses, voyez-vous, il n'y en a pas épais dans toute la maison... Mais en revanche, nous avons ici Monsieur Riquet et sa famille... Seulement, il serait le premier à croire qu'on se moque de lui si on lui donnait de l'Altesse et du Prince... Peut-être est-ce lui que vous cherchez ?

— Allons toujours voir, murmura Tonton à son frère...

— Au *cintième* au-dessus de l'entresol, la porte à gauche, en face le *collidor !* débita d'une haleine la concierge pendant que, fort intrigués, les deux petits Princes s'enfonçaient dans le vestibule de l'escalier.

Au cinquième étage, une carte de visite, fixée par quatre pointes sur une porte, les renseigna.

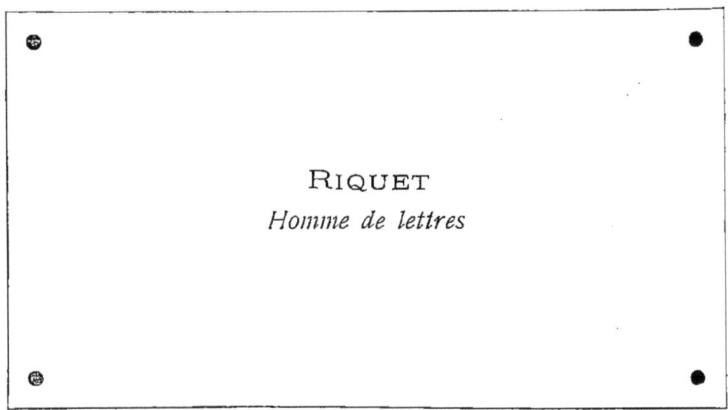

Timidement, ils sonnèrent.

La porte s'ouvrit, et devant eux parut une très

belle jeune femme dans un négligé matinal de ménagère très occupée, en camisole et en jupon, les manches troussées jusqu'au coude, ses magnifiques cheveux blonds tordus en désordre sur la nuque et mor-

... Devant eux parut une très belle jeune femme.... .

dus par un peigne en celluloïd. Deux enfants blonds comme elle, à peine échappés du maillot, et pareils à deux petits anges joufflus se suspendaient à ses jupes.

Elle n'eut pas plutôt jeté les yeux sur Coco-Tonton qu'un sourire amical laissa luire ses dents blanches et elle s'écria :

— Le Prince Coquelicot et la Princesse Bouton-d'Or, n'est-ce pas, si je ne me trompe ?

— Vous ne vous trompez pas madame, confirma Tonton un peu rose... Mais qui a pu vous dire...

— Que vous deviez venir nous voir ? dit la jolie ménagère. La fée marraine de mon mari — qui est aussi la mienne, mes chers amis, comme vous ne l'ignorez pas puisque vous avez lu notre histoire — nous avait prévenus. Et nous vous attendions bien aujourd'hui... mais pas sitôt... Alors vous m'excuserez, mes mignonnes altesses, de ne pas vous recevoir en robe de soie. D'abord, je n'en ai plus... Et puis j'étais en train de savonner le linge de ce petit monde qui me donne plus de mal qu'il n'est gros, ajouta-t-elle en se penchant vers ses deux bébés qu'elle embrassa avec une rieuse tendresse.

Et elle s'effaça devant Coco-Tonton qui, tout interdits, restaient là, plantés sur le seuil, en se demandant s'ils n'étaient pas le jouet de quelque mystérieuse farce.

Madame veuve Charmant tenait un magasin de joaillerie.

Des Princes habitaient le cinquième. Une Princesse, en camisole, lavant elle-même le linge de ses enfants!... Cela ne s'était jamais vu... Et les deux jumeaux en demeuraient plus ébahis que devant un veau à deux têtes ou un mouton à cinq pattes!

Et ce fut la jeune femme qui, riant de leur stupeur, les attira par la main en s'écriant toute gaie :

— Entrez, entrez, mes chers petits! Ça ne fait rien... Vous ne nous dérangez pas!

Les deux enfants se trouvèrent donc dans une antichambre assez obscure qui n'avait rien du vestibule d'un appartement princier, et Coco, qui, n'en croyant ni ses yeux ni ses oreilles, éprouvait le besoin de s'entendre confirmer qu'il ne se trompait pas, demanda vivement :

— Alors, n'est-ce pas, Madame, nous sommes bien ici chez le Prince Riquet à la Houppe... Et vous même, vous seriez la Princesse qui...

— Oui, oui, oui, cent fois oui! interrompit la blonde jeune maman, amusée par leur déconvenue, tout en les guidant de la main vers une porte qu'elle ouvrit... Mais chut!... C'était bon jadis ces titres-là... Aujourd'hui, nous ne sommes plus que Monsieur et Madame Riquet. Il n'y a plus ici ni Prince ni Princesse...

— Mais heureusement il y a encore une houppe! s'écria une voix joyeuse dans le fond de la pièce où Madame Riquet poussait les deux petits visiteurs.

Et enveloppé d'une robe de chambre, un petit homme fort laid, mais dont les yeux pétillaient d'esprit et dont la physionomie intelligente et gaie attirait la sympathie, se leva d'un bureau où il écrivait et vint au-devant des petits Princes, les mains tendues.

Coco et Tonton n'eurent pas de peine à reconnaître en ce Monsieur celui dont, tant de fois, ils avaient regardé le portrait dans le bel album des contes illustrés. D'ailleurs, si le moindre doute leur était resté, la houppe de cheveux roux qui, sur le sommet du front lui allumait comme une flamme de punch, aurait amplement suffi à nommer le personnage.

— Riquet à la Houppe!

Ce cri partit, en même temps, des deux bouches de Coco-Tonton, joyeusement poussé.

— Lui-même, en personne naturelle! sourit le petit homme en leur donnant une petite tape amicale sur les joues. Toujours Riquet!... Toujours à la Houppe même, dans l'intimité... Mais plus Prince, oh! plus Prince du tout!

— Qu'est-il donc arrivé ? exclama Coco avec inquiétude.

— Un petit accident qui arrive quelquefois aux Rois même les plus malins, continua l'ex-Prince sans la moindre tristesse. J'ai perdu mon trône... Et je n'ai jamais pu le retrouver !

Riquet à la Houppe!

— Oh ! modula plaintivement Tonton. Comment cela, Monsieur ?

— D'une façon bien simple. A peine la mort de mon père m'avait-elle placé dessus, qu'un de mes voisins, le belliqueux Matamoros, empereur des Tranche-Montagne, qui ne pouvait pas me voir en peinture, me déclara la guerre. Or, la guerre est une partie d'écarté et ce ne fut pas moi qui eut les atouts. Le Dieu des batailles et surtout des victoires ne me favorisa point...

L'ennemi battit mes armées en cinq sec, envahit mon territoire, enleva comme une fausse carte la capitale canonnée... et prit le Roi qu'il chassa de ses États avec défense d'y remettre les pieds sous peine de mort... Or, ce Roi, mes petits Princes, c'était moi!... ne l'oublions pas !

— Hélas ! Quel affreux malheur ! gémit la sensible Tonton, les yeux au ciel...

— Ce fut, en effet, ce que nous pensions au lendemain de la catastrophe, poursuivit philosophiquement Riquet. On nous avait mis à la porte sans nous permettre d'emporter autre chose que les vêtements qui nous habillaient ! Nous n'avions pas d'argent. Nous étions sans asile, fugitifs, sans appui... Nos enfants pleuraient...

— Mais c'est épouvantable, ça ! bredouilla Coco qui sentait les larmes lui monter aux yeux.

Ce fut à son tour Madame Riquet qui déclara, souriante :

— Cela l'aurait été, en effet, si j'avais eu pour mari un de ces Princes ignorants et paresseux qui ne se sont jamais donné la peine de cultiver leur intelligence. Heureusement, il n'en était pas ainsi... Riquet était un homme de ressources, et il l'a bien prouvé en mettant son esprit et son savoir à contribution pour nous tirer de ce mauvais pas. A l'heure qu'il est, c'est lui qui nous gagne notre vie avec les beaux livres qu'il fait...

— Et qui se vendent bien ! acheva l'auteur... Je m'en flatte !... Et voilà, mes chers petits amis, comment nous sommes devenus de braves petits bourgeois, beaucoup plus heureux, certes, que des monarques !... Et je vous jure que s'il prenait fantaisie à Matamoros de venir me rendre ma couronne... je l'accepterais.

— Tu l'accepterais ! s'effara Madame Riquet stupéfaite...

— Pour la donner à un orfèvre qui t'en ferait des bijoux, reprit l'homme de lettres avec un sourire... Mais non pas pour la remettre sur ma tête, ah ! Dieu non !... Rentrer dans mon palais, y reprendre les rênes du gouvernement, merci bien ! Je préfère de beaucoup mon cinquième, mon indépendance et ma tranquille félicité aux tracas et aux hasards de la royauté... c'est moins brillant, mais ça dure davantage !

— Il travaille comme un nègre ! exclame Madame Riquet avec admiration.

— Eh bien, et toi ? proteste Riquet en regardant sa femme avec tendresse. Est-ce que tu n'as pas ta besogne aussi ?

Et, se tournant vers Coco-Tonton que la surprenante nouveauté des choses qu'ils entendaient rendait stupides, et leur montrant les deux bébés qui continuaient à se cacher dans les jupes de leur mère :

— La voici, sa besogne de chaque heure ! dit-il avec émotion... Et elle n'est pas mince !

Puis, très gaiement, il ajouta :

— Notre seul regret, mes beaux petits Princes, c'est que, malgré notre désir, il nous sera absolument impossible de vous loger. Nous sommes si à l'étroit !... Mais le hasard vous favorise... Il existe aussi dans cette ville une personne que vous connaissez bien...

— Laquelle ? demandèrent curieusement Coco-Tonton.

— Vous vous souvenez sans doute, reprit l'ancien Roi, de cette jeune fille qui, pour avoir, un jour, auprès d'une fontaine, étanché gentiment la soif d'une pauvre vieille, reçut de celle-ci, qui n'était qu'une fée déguisée, l'inestimable don de ne pas laisser tomber une parole de ses lèvres sans en laisser choir en même temps une pierre précieuse ?

— Si nous nous en souvenons ! exclama joyeusement Coco... Je le crois bien... Le conte ne dit-il pas même qu'elle épousa un fils de Roi — le prince Charmant ?

— Oui, poursuivit Riquet, mais ce qu'il ne dit pas, c'est qu'elle eut le malheur de perdre peu après son époux. Et comme le Roi, son beau-père, ne la pouvait sentir parce qu'elle était fille de paysans, elle fut

J'envoyais des topazes dans la figure des personnes avec lesquelles je causais...

obligée de quitter la Cour et vint se réfugier dans cette ville, où elle est notre voisine.

— Votre voisine ! s'écrièrent en même temps les jumeaux surpris.

— Oui, intervint Madame Riquet. Notre voisine et notre amie. Elle habite le coin de notre rue et de la place qui la termine. Nous lui avons parlé de vous, ce matin... et elle compte sur votre visite. Elle a de vastes appartements et pourra très bien vous offrir une chambre... Vous demanderez Madame veuve Charmant.

— Quelle chance ! Nous y courons ! exclamèrent les deux Princes en prenant congé de toute la famille Riquet.

Aussi bien, malgré l'esprit du prince détrôné et la gentillesse de sa femme, ils avaient hâte d'échapper au malaise que ressentait leur paresse dans ce ménage où le travail était, à leur gré, beaucoup trop bien reçu.

III

MADAME VEUVE CHARMANT — PIERRERIES EN TOUS GENRES

III

MADAME VEUVE CHARMANT — PIERRERIES EN TOUS GENRES

l'angle de la rue et de la place, c'est-à-dire à l'endroit indiqué par Madame Riquet, ils ne trouvèrent qu'une vaste boutique de bijouterie dont la devanture vitrée étincelait de bagues, de bracelets, de colliers, de boucles d'oreilles d'or ou d'argent, enrichis de diamants, émeraudes, rubis, topazes, saphirs et cætera.

Le nom de Madame veuve Charmant se détachait en lettres rouges sur les glaces de la porte. Mais Coco-Tonton commençaient à s'habituer aux surprises. Sans trop s'étonner de voir une des héroïnes de leurs contes favoris tenir un magasin de joaillerie, ils poussèrent la porte et entrèrent résolument.

A l'intérieur, des commis empressés et d'actives demoiselles de commerce étalaient des écrins sur les comptoirs, faisaient admirer les merveilles de la maison à une foule de jeunes seigneurs élégants et de grandes dames riches qui achetaient sans compter.

Une vendeuse, l'air aimable, vint au-devant de Coco-Tonton éblouis et intimidés.

— Mademoiselle et Monsieur désirent un bijou ? demanda-t-elle avec son plus gracieux sourire. Nous venons précisément d'en recevoir qui sont de toute beauté...

Mais avant que les jumeaux eussent répondu, une voix argentine qui venait de la caisse cria à la demoiselle de magasin qui les accablait de ses offres :

— Non, Ernestine... laissez donc. Ce ne sont pas des clients. Ce sont de bons petits amis...

Et une dame brune, très jolie, qui, un instant auparavant, écrivait sous la dictée d'un commis et venait de s'interrompre en reconnaissant d'un coup d'œil les jumeaux princiers, leur adressait un sourire de bienvenue et leur criait :

— Bonjour, princesse Bouton-d'Or, prince Coquelicot, bonjour !... Je vous demande seulement une minute pour achever d'inscrire une expédition pressée pour la France...

Et elle reprit, sur son grand livre de compte, son travail interrompu...

Dix minutes plus tard, la sémillante Madame

Charmant, tout en jetant à droite et à gauche quelques ordres à ses employés, courait aux deux enfants et les embrassait cordialement, leur disant :

— Mes chers petits amours, que je suis aise de vous voir !... Mes amis Riquet m'avaient annoncé...

— Pardon de vous interrompre, Madame, fit Tonton. Mais vous avez donc perdu la précieuse faculté de « parler » des pierreries... Car aucune escarboucle n'est encore tombée de votre bouche...

— Et cela vous étonne, ma chérie ? fit la dame en riant. Rassurez-vous, je n'ai rien perdu de ma puissance créatrice de joyaux. Seulement, vous ne vous figurez pas, dans les premiers temps, comme elle était gênante !... Je ne pouvais pas prononcer une phrase sans faire jaillir un ruissellement de pierreries... J'envoyais des topazes dans la figure des personnes avec lesquelles je causais... Dehors, j'étais continuellement suivie par une foule sans cesse grossissante de gens qui guettaient mes moindres paroles pour se précipiter sur les bijoux qu'elles créaient. Et puis, j'en regorgeais : on ne savait plus où mettre les milliers de diamants qui me coulaient d'entre les lèvres. C'était insupportable. Aussi ai-je obtenu de l'excellente Fée de la Fontaine, une légère modification dans son bienfait. Aujourd'hui, cette extraordinaire faculté est subordonnée à ma volonté. Je ne crache plus de joyaux que lorsque je le veux bien.

— C'est bien plus commode, en effet, dit machinalement Coco, qui écarquillait de grands yeux sur les vitrines pleines de riches parures.

— Vous regardez ma boutique ? répartit Madame veuve Charmant. Je l'ai prise aussitôt mon arrivée dans cette ville. Ne fallait-il pas écouler les trésors de mes lèvres ? Mon magasin est aujourd'hui, grâce à Dieu, le plus achalandé de toute la ville. J'y vends cher mes produits et j'y fait tout doucettement ma fortune... Mais dame! La richesse ne vient pas toute seule... Il faut l'aider un peu... Et j'ai tellement d'occupations...

En ce moment, plusieurs commis s'approchèrent pour recevoir des ordres que la patronne leur donna d'une voix claire, l'air entendu. Puis voyant entrer une cliente de marque, elle s'élança à sa rencontre avec mille amabilités, et après l'avoir confiée à Mademoiselle Ernestine, courut à la caisse pour recevoir l'argent de plusieurs achats et rendre la monnaie aux acheteurs...

Coco regarde Tonton et hoche la tête.

Tonton regarde Coco et hausse les épaules.

Le travail!... Toujours ce maudit travail qui vient se jeter entre eux et leurs amis!

— Ce n'est pas encore ici, chuchote la princesse à son frère, que nous trouverons les plaisirs que nous nous sommes promis !

— Tous ces gens-là sont absurdes ! grommelle Coco de mauvaise humeur. Tiens j'en ai assez... Filons...

Et déjà il a la main sur le bec-de-cane... lorsque de nouveau, voilà la jolie marchande près d'eux.

— Vous partez déjà ! fait-elle... Ne voulez-vous donc pas rester quelques jours avec moi ?

— Vous êtes beaucoup trop occupée, chère Madame, dit vivement Tonton. Nous vous encombrerions... Et nous préférons partir.

— A votre aise ! sourit Madame Charmant. Si je n'insiste pas davantage pour vous retenir, c'est que j'ai peur de vous voir vous ennuyer au milieu de tout ce commerce... Mais vous ne me quitterez pas avant d'avoir reçu chacun de moi un petit souvenir... Je veux faire deux bijoux de vos deux noms !

Et, portant la main à ses lèvres, la gracieuse lapidaire en extrait avec grâce une broche où un bouton d'or aux pétales de topaze s'épanouit dans un feuillage d'émeraude et la fixe au corsage de la petite princesse Bouton-d'Or toute joyeuse. Puis elle cueille encore entre ses dents lactées une agrafe d'or, où rutile un coquelicot de rubis, et ajuste le bijou à la toque du prince Coquelicot rougissant de plaisir.

Ensuite, elle embrasse les deux marmots, leur souhaite bonne continuation de voyage et va pour s'envoler — telle une bergeronnette — vers de nouvelles besognes, lorsque tout à coup, retournée vers les jumeaux, l'air sérieux et commerçant :

— Surtout, envoyez-moi des clients ! leur crie-t-elle.

IV

LA MONTREUSE DE LOUP

IV

LA MONTREUSE DE LOUP

DEHORS, Coco-Tonton, la tête basse, songent à aller retrouver leur automobile qu'ils ont, sur la permission de la concierge, remisée dans la cour de la maison des Riquet, lorsque des rires et des applaudissements, rythmés par le son d'un orgue de Barbarie, leur font lever les yeux.

Devant eux, au milieu de la place, une foule nombreuse fait cercle autour de quelque bateleur — ou du moins, les jumeaux le supposent, car les rangs pressés des spectateurs et la petite taille de nos Princes ne leur permettent pas de voir.

Pourtant, cette petite taille est très utile pour se faufiler entre les jambes des personnes... Et après quelques efforts, les voici au premier rang. Qu'aperçoivent-ils alors ? Au milieu du vide laissé par la foule, un loup, si gros et si vigoureux qu'on le prendrait presque pour un ours, jongle très habilement, debout sur ses pattes de derrière, avec des oranges et des assiettes, au son de l'orgue de Barbarie que tourne un grand garçon à l'air doux et naïf, costumé en paillasse à carreaux bleus et blancs.

Mais là où vont tout de suite et se figent pour ainsi dire les regards de Coco-Tonton, c'est sur cette grande jeune fille au nez retroussé qui dirige et surveille les exercices du loup ; elle est armée d'une cravache et à la moindre faute, en cingle le museau, les oreilles ou les reins de l'énorme bête.

Elle est très avenante cette jeune fille, avec son nez gentiment en l'air, ses yeux bleus pervenche et sa fraîcheur de rose ! .. Mais ce n'est pas son gracieux et mutin visage qui excite à ce degré la curiosité des deux enfants et qui a failli, tout à l'heure, dès le premier coup d'œil, leur arracher un cri d'effarement. . Qu'est-ce donc ? C'est le costume qu'elle porte, c'est sa jupe cerise, c'est son corsage coquelicot et c'est surtout, oh ! surtout, le petit chaperon écarlate qu'elle a coquettement incliné sur ses cheveux couleur de noisette.

— Mais... mais, Tonton, murmure Coco tout pâle à l'oreille de sa sœur, mais on dirait que c'est...

— Oh ! oui, oui, on le dirait bien ! interrompit fièvreusement Tonton qui boit des yeux la rouge dompteuse de loup.

— Mais... mais, rechuchotte Coquelicot très ému, comment se fait-il... puisque le loup l'a mangée ?...

— Tu vois bien que non, grosse bête ! lui souffle sa

Le paillasse compte la recette sur l'orgue de Barbarie réduit au silence.

sœur souriant de sa naïveté. Mais tais-toi... et attendons la fin du spectacle... Nous aurons peut-être la clef de ce mystère.

Cette fin ne se fait pas trop attendre. Quelques exercices d'équilibre et des bonds à travers des cerceaux en bois doré, admirablement exécutés par Maître Loup, terminent la séance au milieu d'une salve d'applaudissements.

Et la jolie jeune fille en rouge, qui fait le tour de l'aimable société en priant les personnes généreuses de ne pas oublier les exhibitionnistes, voit pleuvoir dans la sébile qu'elle tend, avec un sourire aux dents pures, les sous, les doubles-sous et même les petites pièces de cinquante centimes.

Et les flots de la foule s'écoulent lentement... Et il ne reste bientôt plus au milieu de la place que les deux petits Princes et le groupe des saltimbanques. Le paillasse compte la recette sur l'orgue de Barbarie réduit au silence; la jeune fille aux yeux bleus, debout devant lui, les poings aux hanches, le regarde... Et Messire Loup, un peu las, a été à quelques pas se coucher sur le ventre au pied d'un arbre, où, le museau allongé sur les pattes de devant, il tient les yeux fixés sur sa maîtresse.

C'est le moment choisi pour Tonton qui prend son frère par la main et l'entraîne résolument vers les saltimbanques, malgré la désagréable impression que cause à Coco le voisinage de cet énorme loup.

Mais Tonton n'a peur de rien et veut en avoir le cœur net. Aussi est-ce sans la moindre hésitation qu'elle aborde la jeune personne vêtue de vermillon et lui pose la question qui lui brûle les lèvres depuis si longtemps et résume toutes ses curiosités :

— Excusez-moi, Mademoiselle... Mais est-ce que par hasard... vous ne seriez pas le Petit Chaperon Rouge ?.

La grande jeune fille regarde avec étonnement les deux jumeaux, puis, souriante :

— Vous m'avez donc reconnue, mes mignons ? leur dit-elle.

— Oh ! du premier coup d'œil ! s'écrient ensemble Coco-Tonton avec joie.

— En ce cas, reprend gaiement la montreuse de loup, j'aurais mauvaise grâce à nier mon identité. Oui, mes enfants, je suis celle que son aventure avec Monseigneur Loup a rendue célèbre dans l'univers — et dans mille autres lieux, — Amarante Desbuissons — plus connue, dans son enfance, sous le pseudonyme de « Petit Chaperon Rouge » — pour vous servir ! ajouta-t-elle avec une révérence. Jadis en relations avec les loups, grande habituée de l'école buissonnière et spécialement préposée à la livraison des galettes et des petits pots de beurre aux mères-grand malades ; aujourd'hui, toujours vouée au rouge, mais montreuse de bêtes sauvages sur les places publiques...

Et, se tournant vers le loup, d'un ton de commandement, elle lui cria :

— Mouton, debout tout de suite, et veuillez faire voir que vous avez de l'éducation, en adressant votre plus gracieux sourire à cette jeune demoiselle et à ce non moins jeune monsieur.

A cet ordre, le monstrueux carnassier se mit sans hésiter debout sur ses pattes de derrière, et, avec un rictus qui découvrait la double et formidable rangée de ses dents blanches, une patte de devant sur le cœur, l'œil au ciel, l'air pénétré, s'inclina par deux fois jusqu'à terre devant les jumeaux émerveillés.

— Est-ce que c'est... celui qui... vous a mangée ? interrogea naïvement Coco.

— Lui-même en personne ! affirma en riant le Grand Chaperon Rouge... Mais vous le voyez, ça ne lui a pas porté chance... puisque aujourd'hui le voilà soumis en esclave à ma volonté... N'est-ce pas, Mouton ?

Le loup interpellé répondit par un hurlement plaintif et doux qui ne laissa pas pourtant que d'effrayer un peu Coco. Il se serra contre sa sœur.

— Alors, questionna cette dernière qui brûlait d'apprendre le mot de toute cette énigme, vous n'en êtes donc pas morte, Mademoiselle Desbuissons ?

— Ma foi, un peu tout de même ! réplique l'aimable

saltimbanque. Cet affreux loup m'avait déjà avalée tout entière, et le cas semblait tout à fait désespéré... lorsque intervint la bonne Fée des papillons qui me voulait du bien et qu'indignait la férocité hypocrite de mon carnivore. D'un coup de sa baguette magique, elle me tira de l'estomac de ce cruel animal et me rappela à la vie... Il était temps : dix minutes plus tard, j'étais digérée. Puis, en punition des méfaits sans nombre et des horribles crimes de ce Monsieur — le loup flatté, salua — la Fée, le touchant de sa baguette, le condamna bel et bien, sa vie durant, à m'obéir sans phrases comme un simple caniche. J'en profitai pour faire son éducation et lui apprendre une foule de jolis tours de force et d'adresse dont vous venez de voir un échantillon. Aussi, plus tard, lorsque ma pauvre maman eut été rejoindre ma mère-grand dans un monde meilleur, comme je n'étais pas riche, je résolus d'employer les petits talents de mon loup à me faire vivre. Je quittai mon village avec ma bête et mon cousin Pataud — que je vous présente... Saluez, Pataud !

Le paillasse à carreaux bleus et blancs s'inclina comme le loup... Et la jeune fille poursuivit :

— Et me voilà, à l'heure qu'il est, courant les villes, les villages et les foires, montrant aux foules ébahies le savoir-faire de mon animal féroce... Pataud joue de l'orgue, mon loup soulève l'admiration des familles et moi je fais la quête. Ce n'est pas un mauvais métier... Quand nos belles recettes nous aurons permis de mettre un peu d'argent de côté, Pataud et moi, nous nous marierons... Et voilà !

Et se tournant vers Pataud qui la regarde, la bouche béante d'admiration :

— N'est-ce pas, imbécile ? rit-elle en lui allongeant un bon soufflet, amical et sonore.

— Oh ! oui, répond le cousin, les yeux au ciel... Ce sera un bien grand bonheur que...

— C'est bon, interrompit Amarante. Tais-toi !

— Il est aussi obéissant que Mouton, remarque judicieusement la Princesse en regardant le paillasse devenu subitement muet. Est-ce que votre amie, la Fée des papillons, l'a aussi touché de sa baguette magique ?

— Non, ma mignonne ! sourit la fiancée de Pataud. Mais c'est tout comme !...

Cependant, la merveilleuse histoire qu'ils viennent d'entendre enchante nos deux petits amateurs de contes. Coco n'en revient pas et s'écrie avec admiration en désignant compère le Loup.

— Alors, comme ça, Mademoiselle Amarante, vous n'avez pas... peur de lui ?

Le Chaperon Rouge éclate de rire :

— Peur de lui! Ah! par exemple... vous allez voir!

Et impérieusement, avec un geste d'autorité :

— Mouton, ici tout de suite! crie-t-elle au terrible loup.

Celui-ci, à cet appel, se lève vivement et s'élance d'un tel bond vers sa jeune dompteuse, que Coco, épouvanté, se jette bravement, avec un cri, dans les jupes rouges d'Amarante.

— N'ayez pas peur! s'égaye celle-ci... Il ne vous fera aucun mal... Il est doux comme un petit agneau... et caressant comme un chien de manchon!

Et, tendant le dos de sa main à la gigantesque bête dont les yeux phosphorescents s'adoucissent soudain, elle ordonne :

— Léchez maîtresse, affreux monstre!

Et le loup, en remuant la queue, passe sa langue sur le dos de cette main blanche et se frotte amicalement le long des jupes de la saltimbanque qui caresse gentiment sa sauvage hure.

— C'est égal, murmure Tonton avec un sourire... Mouton... quel drôle de nom pour un loup!

— Je voudrais bien savoir si le vôtre est aussi drôle, fait Amarante. Car maintenant que vous connaissez la véritable fin de mon histoire, mes beaux petits, je demande à apprendre le commencement de la vôtre... Qui êtes-vous donc?

Ce fut Tonton qui répondit et, d'une seule haleine, conta l'aventure... leur départ du palais paternel pour aller visiter leurs amis des contes de fées dans l'espoir de trouver, auprès d'eux, une hospitalité pleine d'agréments... Et elle ne cacha pas les déceptions éprouvées chez le Petit Poucet, le marquis de Carabas, Riquet à la Houppe et la veuve Charmant!

Le Grand Chaperon Rouge écouta avec intérêt le récit de la fillette.

Puis, quand elle eut fini, hochant la tête :

— Mes pauvres amours, dit-elle, je crains bien que partout, l'accueil ne soit le même... et que vous ne trouviez, à chacune de vos visites au pays des contes, des gens beaucoup trop affairés pour vous distraire..

Coco se récria :

— Espérons pourtant que la Belle au Bois Dormant, qui doit être Reine à l'heure qu'il est, ne lave pas les chemises de ses enfants... et que chez elle...

— Vous vous ennuierez à périr, acheva le Chaperon Rouge. Elle a gardé de ses cent années de sommeil une ignorance complète des choses de ce temps-ci qui rend son commerce fastidieux, et une paresse de couleuvre qui l'endort vingt fois le jour, même en pleine conversation... même en plein dîner! D'ailleurs, petite Altesse Coquelicot, il ne faudrait pas croire, comme vous paraissez le supposer, que le métier de Reine soit un métier de fainéante... Allez, la besogne y est un peu plus rude que la lessive de Mme Riquet! Demandez cela à Sa Majesté la Reine Cendrillon!

— Cendrillon! répétèrent les enfants en dressant l'oreille...

— Son princier époux, continua la jeune fille, a depuis longtemps succédé au Roi son père... Mais pour pouvoir s'adonner corps et âme à la photographie et à la bicyclette qu'il adore, il a abandonné complètement son sceptre et sa couronne à sa femme... C'est elle le seul et véritable Roi... Elle préside le Conseil des Ministres, commande les armées, signe les édits, s'occupe en un mot des affaires du Royaume... Et c'est un tel travail, que si la fantaisie vous prenait de l'aller voir... n'y allez pas : vous ne seriez même pas reçus!... Elle n'a pas le temps!

— En ce cas, murmura Tonton en se grattant la tempe, il ne nous reste plus d'espoir que dans la Princesse Peau d'Ane et Mme Vve Barbe-Bleue!... Nous irons leur faire visite en vous quittant, Mademoiselle Chaperon Rouge!

Mais Amarante, vivement :

— Ne faites pas cela surtout! Vous trouveriez la première entièrement prise par l'éducation de ses enfants... et, sitôt qu'elle a une minute, en pleine confection de tartes, de galettes ou de babas. Elle a, en effet, gardé, du temps où elle dut à un gâteau d'être épousée par un fils de Roi, une passion reconnaissante pour la pâtisserie. Quant à Mme Vve Barbe-Bleue, votre visite la troublerait singulièrement dans ses occupations ménagères!... Elle

En pleine confection de tartes, de galettes ou de babas.

Elle frotte elle-même ses parquets

est toujours en train d'astiquer et de faire reluire les cuivres et l'argenterie de son château. C'est une manie contractée dans sa terrible aventure de la clef tachée de sang, qu'elle a tant et si inutilement frottée, la pauvre, autrefois!... Aujourd'hui, elle frotte elle-même ses parquets : c'est moins dramatique!...

Les deux petits auditeurs du Chaperon Rouge baissaient la tête, avec une grosse envie de pleurer, tant était profonde leur désillusion.

— Le travail! s'écria la petite Princesse en frappant du pied avec colère... Encore le travail! En tous lieux et toujours, le travail!... On ne voit que lui... on n'entend parler que de lui!... C'est révoltant à la fin!

Le Petit Chaperon Rouge lui donna une petite tape sur la joue en disant :

— Pourquoi donc, ma mignonne, puisqu'il est indispensable, le travail?... Allez, n'espérez pas le fuir... Il est partout... Et moi-même, qui suis là à bavarder et à perdre mon temps, il me réclame... Et je vais vous quitter... C'est la fête dans un village à un kilomètre d'ici... J'espère y faire une brillante recette... Allons, Pataud, allons, Mouton... assez de flânerie comme cela... Par le flanc droit, et en route, mes enfants!

Le docile Pataud chargea sur son dos l'orgue

de Barbarie et la boîte d'accessoires qui servaient aux exercices de Mouton, salua les enfants et alla rejoindre le formidable loup qui, déjà, était en marche.

— Au revoir, mes gros chéris, fit Chaperon Rouge en embrassant sur les deux joues les jumeaux dont le dépit attristé l'attendrissait. Ne vous faites pas de chagrin et acceptez, de bonne amitié, un conseil : rentrez bien gentiment chez Sa Majesté votre papa et faites comme tous les êtres raisonnables : travaillez!... Vous verrez que le travail n'est pas si désagréable que vous le supposez !

Et elle se mit à courir pour rattraper son cousin et son loup, déjà loin.

Sans échanger une parole, les enfants, demeurés seuls, suivirent tristement des yeux le trio qui s'éloignait. Parvenue au coin d'une des voies qui, avec la place, formaient une étoile, la grande jeune fille aux cheveux noisette s'arrêta en se retournant vers les jumeaux et leur envoya un grand baiser dans un bon sourire. Puis elle disparut au tournant de la rue.

Alors, frère et sœur se regardèrent longuement — comme si chacun d'eux eût voulu lire les intentions de l'autre dans ses prunelles.

Et Coco se décida à demander, la voix dolente :

— Eh bien!... Que faisons-nous?

— Eh bien! repartit Tonton d'un petit air réfléchi qu'on ne lui avait encore jamais vu, il n'a peut-être pas tout à fait tort, le Grand Petit Chaperon Rouge!... Si nous retournions à la maison?

— J'allais justement te le proposer, balbutia Coco.

V

LE RETOUR DES ENFANTS-PRODIGES

V

LE RETOUR DES ENFANTS-PRODIGES

'AUTOMOBILE de Merlin, un instant après, remportait Coco-Tonton vers le palais de Sa Majesté Krystal IX, roi de toutes les Bohêmes, et, moins d'une heure plus tard, les déposa devant l'édifice.

Ce qui surprit assez peu nos jeunes chauffeurs — la moto-pétrole avait battu un si beau record! — c'est que leur voyage n'eût duré qu'une matinée; car ils entendirent sonner à l'horloge de la cathédrale les douze coups de midi au moment même où ils posaient le pied sur la première marche du perron paternel.

Vous devez aisément supposer, mes chers petits lecteurs, qu'ils ne le gravirent pas la tête haute et l'air triomphant. Qu'allait-on leur dire? Qu'avait-on pensé de leur escapade? Quelle impression Miss Olympia Clackson et Maître Mathématicus avaient-ils gardée de leur irrespectueuse transformation? Il semblait à Tonton sentir déjà ses joues rebondir sous une gigue retentissante de soufflets bien américains. Et dans les oreilles de Coco, courait l'inquiet frisson précurseur des allongements très proches !

Dans le vestibule, la première personne qu'ils rencontrèrent, ce fut Vol-au-Vent, le bon Sénéchal. Le sourire joyeux qui s'épanouit sur sa face vermeille lorsqu'il aperçut les enfants royaux et son empressement à accourir au-devant d'eux, mit, comme un bon présage, un peu de baume dans le cœur des coupables.

— Déjà de retour, Vos Altesses? leur dit-il comme s'ils revenaient d'une promenade connue et autorisée. Vous arrivez bien! On vient de se mettre à table pour déjeuner !

Ce disant, Vol-au-Vent, ouvrant toute grande la porte de la salle à manger, y poussa respectueusement les jumeaux un peu honteux, en criant, suivant l'étiquette :

— Leurs Royales Grâces, Son Altesse le Prince héritier présomptif et Son Altesse la Princesse Bouton-d'Or!

A cette annonce, toute la table poussa joyeusement le « Aaaaah! » satisfait qui salue d'ordinaire l'arrivée des convives retardataires sur lesquels cependant on compte... Et tous les regards allèrent aux deux

Le sourire joyeux qui s'épanouit sur sa face vermeille lorsqu'il...

enfants que la honte et la peur tenaient cloués, immobiles, au parquet...

— Enfin, les voilà, ces chers petits! s'écria le Roi Krystal avec un sourire... Dieu soit loué!... On allait entamer les radis sans vous!

— Avancez donc! exclama, avec un rire musical, la toute jolie et fraîche Fée Rosenflûte que ses filleuls venaient d'apercevoir assise à la droite de leur royal papa. Regardez-moi ces mignons!... Sont-ils drôles!... On dirait qu'ils reviennent de Pontoise ou de Landerneau!

— Allons! On ne vous mangera pas en guise de hors-d'œuvre! plaisanta l'Enchanteur Merlin qui dégustait une tranche d'excellent saucisson à la gauche du souverain.

Et Maître Mathématicus, qui n'avait plus rien d'un âne, et Miss Olympia Clackson, qui n'avait plus rien d'une oie, tournaient eux aussi, vers les délinquants, des visages tout épanouis de bonne humeur en leur criant : Dépêchez-vous donc!... Il y a de la salade de homard!!

Et pas un reproche... pas une gronderie... pas une inquiétude... rien que des sourires!

Les deux coupables, qui s'attendaient à un tout autre accueil, ne savaient pas ce que cela signifiait!

Ni vous non plus, n'est-ce pas, probablement, mes chers petits lecteurs ?

Eh bien, cela voulait dire simplement que tout ce qui était arrivé à Coco-Tonton, depuis la veille au soir, la survenue soi-disant inespérée de l'Enchanteur, l'oubli de la canne magique dans ce coin de cheminée où on les savait assez curieux pour venir la chercher, l'idée même et l'exécution de ce fantastique voyage au pays des Contes, tout cela, c'était un petit complot, c'était l'œuvre combinée de l'ingénieuse Fée des Prés-Fleuris et de Merlin, *l'Enchanteur malin,* comme le chantait, la veille, le chœur si malencontreusement organisé par Vol-au-Vent. L'excellente Marraine, bien décidée à employer tous les artifices de sa science magique pour corriger ses chers filleuls de leur fainéantise têtue, s'était entendue avec le puissant Magicien, son ami d'enfance, pour fournir à nos paresseux jumeaux l'occasion de voir de près les héros de leur album favori. Car elle savait bien, la spirituelle Rosenflûte, que ceux-là mêmes, qui, dans les contes, avaient eu une si fatale influence sur les petits Princes, répareraient, dans la réalité, par leur exemple, le mal qu'ils avaient fait.

Et ce fut elle-même qui, en attirant Coco-Tonton près d'elle et en les embrassant tendrement, leur dévoila le secret de la mirobolante aventure.

Et tous les regards allèrent aux enfants que la honte et la peur tenaient cloués, immobiles, au parquet. .

— Et j'espère, mes petits archanges, conclut-elle, que votre instructive tournée chez vos bons amis ne restera pas inutile. Qu'y avez-vous vu partout ? Le travail, n'est-ce pas ? C'est qu'en effet, il est dans tout — il s'assied à tous les foyers — il est la vie même de la terre entière ! Depuis le dernier des concierges jusqu'au premier des Rois, tout le monde, ici-bas, a une tâche à remplir. Et vous avez vu ce qu'il advenait de ceux qui refusent de se soumettre à cette grande loi !... Pendant que le Marquis de Carabas et le Chat Botté meurent d'ennui, la Belle au Bois Dormant le sème à pleines mains autour d'elle !... Pour éviter d'aussi déplorables résultats, mes beaux chérubins, vous n'avez qu'un moyen : c'est de méditer et de suivre le si sage conseil que vous donna fraternellement le gentil Chaperon Rouge : Mettez-vous courageusement au travail !

Après ce musical petit sermon, et, lorsque le père eut serré ses enfants dans ses bras, la Fée leur fit présenter leurs excuses à leurs professeurs pour le vilain tour de loustics qu'ils leur avaient joué; ce que le Précepteur et Miss Olympia leur pardonnèrent bien volontiers.

Mais, durant tout le déjeuner, Coco-Tonton n'ouvrirent pas la bouche et demeurèrent pensifs.

La salade de homard elle-même ne parvint pas à les arracher à leurs réflexions.

C'est que déjà, dans leur cœur et dans leur esprit, la leçon donnée germait rapidement et portait des fruits d'or !... Et lorsqu'on se leva de table, Coco s'approchant de son professeur, murmura en rougissant un peu, à cause de la nouveauté de ce qu'il disait :

— Si vous voulez, mon bon maître, nous allons nous mettre au travail tout de suite.

Au même moment, et sans entente préalable, Tonton, un peu embarrassée, s'avançait vers Miss Clackson et balbutiait (elle avait si peu l'habitude de ces phrases-là !) :

— Miss Olympia, j'ai commencé hier une analyse grammaticale... que je voudrais bien finir, si vous le permettez !

ÉPILOGUE

Depuis ce jour, mes chers petits amis, Coco-Tonton ne cessèrent pas de faire la joie de leur excellent père et de leur tendre marraine par leur assiduité à l'étude et leurs rapides progrès. Ils rattrapèrent vite le temps perdu, devinrent à leur tour des exemples qu'on citait et des élèves dont leurs maîtres furent fiers. Et comme ils avaient pris l'habitude de travailler, le labeur ne fut plus pour eux une pénible corvée, mais un plaisir beaucoup plus grand encore que celui de lire de jolis contes.

Petits écoliers, si par hasard vous vous faisiez un peu tirer l'oreille pour apprendre vos leçons ou faire vos devoirs, tâchez donc de retrouver la canne d'ivoire et l'automobile de Merlin... Et recommencez l'extraordinaire voyage qui corrigea Coco-Tonton...

Malheureusement, à l'heure qu'il est, on ne rencontre plus guère d'enchanteurs que dans les féeries du Châtelet, et toutes les Fées, devant les progrès de l'humanité, ont préféré retourner dans le Dschinnistan, leur merveilleux pays qui ne figure — et c'est grand dommage ! — sur aucune carte de géographie !

Cependant, il existe encore, parmi nous, deux de ces êtres puissants, dont vous ferez bien, mes chers lecteurs, de cultiver la connaissance, car seuls, aujourd'hui, ils sont capables de réaliser les souhaits et d'accomplir des merveilles :

La Fée s'appelle l'Etude et l'Enchanteur se nomme le Savoir !

FIN

Paris. Imp. Eyméoud, 2, place du Caire. — 19714.

www.ingramcontent.com/pod-product-compliance
Ingram Content Group UK Ltd.
Pitfield, Milton Keynes, MK11 3LW, UK
UKHW020152200726
13856UKWH00003B/965

9 782013 405607